Makenzy Orcel est né à Port-au-Prince en 1983. *Les Immortelles* est son premier roman.

Makenzy Orcel

LES IMMORTELLES

ROMAN

Zulma

TEXTE INTÉGRAL

ISBN 978-2-7578-3584-5
(ISBN 978-2-84304-588-2, 1re publication)

© Mémoire d'encrier, 2010 / Zulma, 2012

Le Code de la propriété intellectuelle interdit les copies ou reproductions destinées à une utilisation collective. Toute représentation ou reproduction intégrale ou partielle faite par quelque procédé que ce soit, sans le consentement de l'auteur ou de ses ayants cause, est illicite et constitue une contrefaçon sanctionnée par les articles L.335-2 et suivants du Code de la propriété intellectuelle.

Sans savoir pourquoi
j'aime ce monde
où nous venons pour mourir.

NATSUME SÔSEKI*

* In *Haiku. Anthologie du poème court japonais* (traduction de Corinne Atlan et Zéno Bianu), © Éditions Gallimard.

*À toutes les putes de la Grand-Rue
emportées par le violent séisme du 12 janvier 2010.*

À Grisélidis Réal.

Tous les cris de la terre ont leur écho dans mon ventre.

Je m'appelle… En fait, mon nom importe peu. Les putains elles s'en foutent pas mal que tu sois écrivain ou goûteur de beignets. Tu les paies. Elles te font jouir. Et tu te casses après. Comme si de rien n'était. Pour nous autres, clients, c'est pareil : les noms, ça ne compte pas. C'est comme hurler à tout bout de champ que la terre est ronde. Que Dieu existe. Pourtant, la terre n'a pas toujours été aussi ronde que l'existence de Dieu… «Je suis écrivain.» C'est ce que je réponds quand on me demande ce que je fais dans la vie. Une affirmation qui pourtant sonne faux, à mon avis, puisque j'écris avec la mort et dans la mort. Ce lieu échappé à la pesanteur. À l'espace-temps. Entre l'ailleurs et l'enfance… Au moment où arrivait *cette chose,* je relisais *les Fleurs du mal.* Baudelaire est un vrai oiseau de malheur. Il arrive toujours avec la mort au bec. La dernière fois, c'était une violente attaque nerveuse. J'en suis sorti de justesse. Elle paraissait avoir tout compris du pouvoir de l'écriture en me demandant d'écrire ce livre sur la Grand-Rue. Pour toutes les autres putains disparues dans *cette chose*. Un livre, disait-elle, pour les rendre vivantes, immortelles. Elle racontait. Moi je n'avais qu'à transformer. Trouver la formulation juste pour exprimer sa douleur, ses souvenirs, ses angoisses et tout… Écrire avec un autre en poupe. Avec ses larmes, son silence traquant chaque mot. Chaque parcelle d'un monde inconnu, indépassable… Emporté par le strip-tease de la mort. Ce qu'était devenue la Grand-Rue. Port-au-Prince. La ville où j'ai grandi. La ville de mes premiers poèmes. Je n'étais pas sûr de pouvoir y arriver. Le sexe et l'alcool ont été pour moi la meilleure des thérapies. Je fuyais tout, même l'écriture. Je veux dire, je ne voulais pas écrire tout de suite, du moins je pensais que ce n'était pas possible… Inondé de whisky, je me glissais dans le paysage fameux de cette pièce qui puait la merde et la mort pour me noyer dans son océan de putain. C'est la première fois que j'entrais dans un bordel avec un *a priori* aussi égoïste que le plaisir de planer dans les étoiles… Elle a allumé une cigarette, aspiré un bon coup et laissé s'échapper de sa bouche une épaisse bouffée grise, puis de ses deux narines. Elle m'a paru phénoménale dans ses gestes de gagneuse.

— Qu'est-ce que tu fais dans la vie, toi ?

Ma question préférée.

— Je suis écrivain.

— Écrivain! Ça tombe bien… Tu me donnes ce que je te demande et toi après tu pourras m'avoir dans tous les sens que tu voudras.

Marché conclu. Je devais juste d'abord écrire et ensuite la sauter. Ça me plaisait bien cette idée. Déjà le livre, ça ne se vend pas. Éditer à compte de sexe. Ça pourrait bien compenser certaines choses. Elle s'est dirigée vers la fenêtre pour contempler, non sans amertume, l'immense vallée de béton et de poussière blanche dehors. L'irréparable. L'inénarrable. Le désespoir qui coule dans les yeux des gens. La ville-décombres, déchiquetée, saturée de morts connus, inconnus, synthétisés, dessinant toutes sortes de figures géométriques. Puis soudain, comme ça, à l'improviste, comme un coup de poing dans la gueule, elle m'a lancé la première phrase qui a balayé le silence : «La petite. Elle reste coincée sous les décombres, douze jours après avoir prié tous les saints…»

L'heure est maintenant venue de partir à la recherche de son trésor. Je n'ai plus rien à faire ici. Je lui dois au moins ça, après tout ce qu'on a vécu ensemble. C'est le seul moyen pour moi de me racheter pour lui avoir offert une place sur le radeau de mes dérives. Ces délires qui m'ont transformée aujourd'hui en peau de chagrin. En calebasse vide. Je vais partir retrouver ce qui était le plus cher pour elle dans toute sa putain de vie. Son fils. Mais avant, je veux raconter. Laisser couler le sang de mes mots. Raconter. Se racheter. Si seulement c'était aussi simple.

La petite. Elle est morte après douze jours sous les décombres, après avoir prié tous les saints. Cette nuit-là, la terre voguait. Voltigeait. Dansait. S'abîmait pour s'exhumer d'elle-même. Se déchirait. Gisait au sol tel un mourant. Marchait sur ses propres décombres…

Je me souviens encore de ce jour où elle avait coupé tous les ponts entre nous et fui avec cet homme, cette espèce de professeur de littérature. Elle déteste qu'on interfère dans ses affaires personnelles. Aussi préfère-t-elle être ailleurs durant toute la journée pour ne pas avoir à supporter mes crises de nerfs habituelles… Inutile de déterrer les vieux chats maintenant. Commençons. Moi je raconte. Toi, l'écrivain, tu écris. Tu transformes. Les autres commencent toujours par la prière. Moi je veux qu'on commence par la poésie. Elle aimait la poésie.

Et moi qui fus temps
espace, traversée
le commencement et la fin
les splendeurs du monde
tous les cris de la terre
ont leur écho dans mon ventre

— Pas mal, l'écrivain. Tu sembles lire le fond de mon âme.

Finalement, un homme poète c'est un peu comme une femme engrossée par les mots.

L'homme à la BMW rouge ne se lave jamais.
Je l'ai su par l'odeur de hareng qu'il dégage.
J'éprouve une telle envie de pleurer quand mon
corps sous lui tient lieu de mystère et de rédemp-
tion. Je rêve d'être de ces enfants n'ayant pas
encore conscience de leurs actes. Ces enfants que
je n'ai pas laissés naître par égoïsme. Par amour du
dépouillement. Il pue, certes, mais il est généreux,
cède toujours à mes caprices de femme à vendre,
de femme aux attentes fluviales.

Je m'appelle… En fait, mon nom importe peu. Mon nom c'est la seule intimité qui me reste. Les clients eux s'en foutent pas mal. Ils paient. Je les fais jouir. Et ils s'en vont comme si de rien n'était. C'est tout.

La petite. C'est moi qui lui avais tout appris du métier et de la rue.

— On est de l'ordre du mirage et de l'insignifiance. Ton corps c'est ton unique instrument, petite.

Pourtant, je n'avais eu que honte à l'idée de cette unique fenêtre, unique part valable, vendable de moi.

Rien n'est plus de l'ordre de l'avant. Avant je croyais que chaque passant était une étoile, était capable de me faire oublier une fois pour toutes. Oublier que je fais partie d'une lignée de putes, que je suis moi-même une pute, que mon avenir en dépend. Oublier sa voix sous les décombres, une voix cassée qui appelle à l'aide. Merde, comment oublier ?

La petite. Quand elle a sauté à bord de l'irréversible elle avait l'âge des mots qui hésitent. Des mots mouillés, furtifs, d'aucune langue, sinon celle du *sine qua non*. Du passage obligé. Douze ans face à la nuit. Libre d'être seule, ce qu'elle veut. Douze ans dans l'accomplissement d'elle-même.

Les mots mon amour sont des tanières de sang et de cris. Je raconte pour toi, ma petite. Je te raconte et t'appelle de mon exil intérieur. De mon île la plus secrète, la plus lointaine. Les mots mon amour sont muets. Les gestes aussi pour te nommer. Tous les mots de mon corps ne sauraient suffire pour dire la douleur de la terre.

Tout le monde parlait de la fin du temps ou de la fin du monde. Moi je pensais à la petite, je ne sais pas ce que c'est que la fin du temps ou la fin du monde, ni la fin de quoi que ce soit. Toujours est-il qu'après le mauvais temps vient le soleil. La mer est bleue. Les filles sont jolies. Les chiens aboient. Les passants passent et passent. Pour aller où ? J'entends encore leurs murmures, leur souffle de bêtes immondes, assoiffées de profondeur. Les passants ces bêtes qui avant se croyaient des humains.

Tout a commencé dans ses yeux plusieurs jours avant. Juste après ce rêve qu'elle refusait de raconter. Ce n'était pas encore la fin, dans les premières secondes. Quelque chose avait juste dérapé sous nos pieds défiant l'impérialisme de nos joies. C'était bref.

La petite. Elle était la première à crier. La dernière aussi à trépasser. Après douze jours. Après avoir prié tous les saints. Elle, toute frêle comme je la connais, passer plusieurs jours sous tout ce que les hommes considèrent comme marque de grandeur, d'ascension sociale !

Moi? Comprendre? Je te demande seulement d'écrire, de jouer ton rôle d'écrivain, tandis que je raconte. Comment oses-tu me demander ça? La poésie n'est pas censée comprendre. Seulement sentir. Sentir jusqu'à pleurer ou vomir. Elle pleurait parfois après avoir lu vos salades. Je ne me suis jamais demandé moi-même la raison pour laquelle ce chauffeur de taxi me paie depuis douze ans le double de ce qu'il gagne pendant la journée juste pour dormir dans mon lit. Sans me toucher une seule fois. Comment veux-tu que je comprenne ce qui s'est passé cette nuit-là?

La petite. Elle avait le don de voir l'avenir en rêve. Si elle te dit que la rue va être sale à douze heures vingt-deux minutes dix secondes et que deux personnes vont perdre la vie. Ça arrivera à coup sûr. Et elle peut tout raconter avec force détails. Elle peut même te préciser leur genre, le lieu exact où ces personnes vont mourir comme des chiens. On dit qu'une rue est sale quand les bandits de grand chemin sortent de leur trou pour semer le trouble. Pour y régner en maîtres en faisant la pluie et le beau temps. Pour faire chanter les balles. Se repaître de sang. Chaque fois qu'on lui demandait de raconter son rêve, elle disait que ce n'était rien. Mais ses yeux l'avaient déjà trahie. Ses yeux étaient trop tristes pour ne pas annoncer un malheur proche. En parlant de malheur, pourquoi me vient soudain l'image de ce chauffeur de taxi ?

Ce jour-là, la chambre puait encore le passage des clients. Il y régnait un de ces désordres qui te donnent l'impression d'être irréparables. Elle a passé toute la journée sur la lune, dans ses foutus bouquins. Elle est comme ça, la petite. Il y a des jours où elle est une machine à tout faire. Et d'autres où elle se refuse à tout et plonge dans ses lectures. Où elle gronde tout. Mais cette fois, ça n'avait rien à voir avec les pieds sales ou la mauvaise haleine d'un client ou un ongle cassé par accident. Elle disait juste avoir fait un rêve qui ne pouvait être raconté.

L'homme à la BMW rouge est bien différent des autres. Quand il me possède – on dirait une bête féroce qui n'a pas mangé depuis une éternité et qui a trouvé une charogne sur sa route – mon ventre répond tel le foyer d'un violent séisme. Je me demande comment un être humain peut avoir un membre si énorme et être d'une telle puanteur.

Avec le temps, j'ai appris à m'habituer à son membre et à sa puanteur. Dans ce pays, il faut savoir fixer ses priorités, identifier ce qui est indispensable à sa vie, je veux dire, sa survie. Dans mon métier, on ne perd pas son temps à préférer celui-ci à celui-là, à soupeser, à choisir. On ne sait pas choisir quand on est payée pour donner du plaisir. Pour sucer et sucer encore sans avoir le droit d'en avoir assez, de ne plus en vouloir. Pour être traitée comme une chienne. Mais, à ces détails près, cet homme fait pitié. Il est trop vulnérable. Comme de ces cibles qui sont toujours dans la ligne de mire des autres. On a beau gloser sur lui. On dit qu'il ressemble à un de ces stupides animaux qui s'amusent toute la sainte journée à sauter d'une branche à une autre en bouffant des bananes. Qu'il marche les fesses serrées comme un chien sur le point de chier. Mais je l'aime bien. C'est mon animal à moi. Il veut tout avoir. Mais il paie. Par exemple pour me taper les fesses quand il me saute.

— Bouge ton matériel !

La petite. Elle n'aurait pas dû laisser la rue pour aller s'abriter à l'intérieur de ce monstre d'une demi-douzaine d'étages. Elle m'a déshonorée. Ainsi que toutes les immortelles de la Grand-Rue. La rue a toujours été notre seule demeure, notre seul lieu de brassage commun... Je vais devoir, l'écrivain, te demander d'enlever cette partie. Ça a un goût de déjà dit, de recyclé. Mais ne raconte-t-on pas aussi avec les mots des autres ?

Non, elle n'aurait pas dû préférer ce monstre de béton à notre petit bout de rue parce qu'elle n'avait rien compris à ce qui se passait, jamais entendu parler, vu de terre qui tremble, se déchaîne, vogue comme une pirogue sur une mer démontée en dépit de cette fougueuse lectrice de Jacques Stephen Alexis qu'elle était.

Comment veux-tu, l'écrivain, que je comprenne ce qui s'est passé cette nuit-là ? Il y avait une minute, que dis-je, quelques secondes qu'elle était là, rêvait encore, parlait d'un trésor et projetait de mettre un peu d'argent de côté pour partir à sa recherche. Ce n'était que le jour même du drame que j'ai su que ce trésor était son fils. Au bout de trente-cinq secondes, le monstre est tombé. Et c'était réellement la fin.

Va te faire foutre, Jacques Stephen Alexis! Tout le monde te dit grand écrivain, et tes livres n'ont pas su enseigner à l'une de tes fidèles lectrices ce que c'est qu'un tremblement de terre. Quel comportement adopter quand ça arrive. À quoi ça sert d'être écrivain? Elle est morte par ta faute. Par l'incapacité de tes écrits à la sauver.

Fedna, en matière de pipe cette fille est un vrai génie. Faudrait être un mesquin de la pire espèce pour ne pas lui donner une gratification après ses prestations. Dieu nous a donné une bouche pour sucer, non ? dit-elle. On l'appelait Fedna-la-pipeuse. Elle a su dès les premières secousses que c'était un tremblement de terre. Elle avait sans doute déjà vu ça à la télé. Mais elle n'a pas pu s'échapper. Elle était trop folle de la télé. Elle mange avec la télé allumée. Se maquille avec la télé allumée. S'envoie en l'air avec la télé allumée. Enfin, elle fait tout avec la télé allumée. Je me rappelle une fois. À cette époque je n'habitais pas encore dans cette pièce, où je reçois les clients. Je putassais chez Drôle-de-fesses. Le plus ancien bordel de la Grand-Rue. J'étais en train de donner du service à l'homme à la BMW rouge. Je l'ai entendue, de l'autre côté de ce drap sale qui séparait nos lits, pressurer son client pour finir. C'est tout ce qu'elle aime, Fedna. La télé. Ces feuilletons latino-américains diffusés en fin d'après-midi. Moi aussi je me surprenais quel-quefois à les regarder, ces mômeries trempées à l'eau de rose, à leur accorder une attention soutenue. Mais pas au point de bousculer un client. Me boucher les oreilles aux appels d'une copine.

La télé prenait tout son temps pour expliquer à Fedna-la-pipeuse ce que c'est qu'un tremblement de terre. Malgré tout, elle n'a pas pu s'échapper. Elle a été aplatie avec son fauteuil par ce plafond de béton.

La télé avait plusieurs versions de la chose, comme pour tout autre événement qu'elle commente. Dans un premier temps, elle dit qu'un tremblement de terre est la manifestation de la colère de Dieu face à la désobéissance, à la criminalité, à la débauche humaine. Dans un deuxième temps, que ce sont nos héros d'indépendance qui expriment leur mécontentement quant à ce qu'on a fait du pays. Puis elle tombe dans le racontar en énumérant d'autres pays qui ont déjà connu des tremblements de terre qui ont duré le temps d'un pet, d'une éjaculation, d'un grincement de porte qui s'ouvre lentement, très lentement, pour laisser entrer le silence, avec à l'appui des statistiques qui ne reflètent jamais la réalité. Parle des différents types de plaque, de l'activité des failles, de croûte terrestre et tout le bazar.

C'est curieux. Tu as fini par trouver quelqu'un avec qui tu t'entends bien, peux tout partager. Puis, un beau jour, comme ça, il part pour toujours. Sans la moindre certitude que tu vas le revoir. Et ceci, dans aucune autre vie. J'en ai rien à foutre moi. Du karma, de la réincarnation, de la métempsycose, etc. Tout ça pour moi c'est de la foutaise. Que personne ne vienne me dire qu'on avait une vie avant ça, qu'on en aura une autre après et après. Moi, je me contente de celle qui est là, maintenant, celle qui bat dans ma poitrine, circule dans mes veines, tout en essayant de la vivre pleinement. Point merde.

Pour ma mère, quand on meurt, on part à la rencontre de ceux qui sont partis longtemps avant nous. Pour mon grand-père, ancien percepteur de marchés publics, viveur impitoyable, on danse le carnaval dans une autre vie. Aller à la rencontre de la petite. Danser le carnaval. Ou m'en aller tout simplement parce qu'il le faut. Parce que je n'ai plus rien à faire ici. C'est le plus beau rêve que j'aie jamais eu.

La petite. Sa mort m'a laissé un grand vide. Je dirais même, un vide irréparable. Tous ces corps en sandwich, disloqués entre les masses diffuses de béton armé. Tous ces cris qui appellent Jésus. C'est la première fois que j'entendais autant de gens appeler Jésus. Que j'ai vu autant de bras tendre vers le ciel.

Jésus, pour plus d'un – les chrétiens surtout –, était à la fois l'auteur de *cette chose* et le sauveur de tous ceux qui en sont sortis indemnes. Une dame sortie de justesse des décombres agitait les deux bras en l'air et commençait à hurler dans toutes les directions : *men Jezi m t ap pale w la*. Voilà le Jésus dont je te parlais. Quand on l'a pour seul et unique sauveur, voilà ce qu'il peut faire. Que mille maisons tombent à ta gauche. Que mille tombent à ta droite. Tu ne seras pas atteint. Alléluia ! En toute fin de compte, il ne manquait que *cette chose* au palmarès de ce Jésus pour remporter la palme d'or et devenir incontestablement, indubitablement, le mort le plus assassin, le plus ridiculisé de tous les temps.

Sa mère. Elle habitait à Martissant et était vendeuse de bibles et de Chants d'espérance. Cette malheureuse aurait tout donné pour voir sa fille réussir. Mais tenait à ce qu'elle soit comme elle. Chrétienne, prétentieuse, hostile à tout ce qui est du monde. Il est des natures qui s'opposent. On n'y peut rien.

La petite a toujours été d'une telle ironie. C'était sans doute dû à ces livres qu'elle n'arrêtait pas de dévorer toute la sainte journée. Comment pouvait-elle m'aimer, moi ? Personne ne m'avait dit pareilles choses avant. Voilà qu'elle me le disait au moment de la fin.

Savait-elle qu'elle allait mourir ? L'avait-elle déjà vu en rêve, qu'elle devait finir comme ça, dans un coin sous les décombres d'où personne ne pouvait la tirer. Même les secouristes blancs. Même leurs chiens dressés, plus instruits, plus intelligents, plus entretenus que les petits nègres d'ici.

La petite. Elle n'est pas morte. Elle n'a pas le droit de mourir. Je sens encore son odeur dans tout ce qui bouge. C'est l'odeur de catastrophe, l'odeur des cadavres qui monte de la rue, de tout ce qui bouge. Tous les monstres en béton sont tombés. Tous les bordels. La Grand-Rue n'est plus ce qu'elle était. Mais nous, on ne mourra jamais. Nous, les putains de la Grand-Rue. Nous sommes les immortelles.

Contrairement au vœu de sa mère, elle aimait tout ce qui était du monde, car le monde, disait-elle, c'est là où se trouvait la rue et dans la rue le vent, la liberté de ne pas s'arrêter. Se faisait appeler Shakira, comme la star. Était une grande lectrice de Jacques Stephen Alexis, célèbre écrivain haïtien disparu sous la dictature de François Duvalier. Personne ne pouvait l'empêcher d'être à la fois en résonance et en contradiction avec elle-même. Personne.

La petite. Elle n'aurait pas dû être là, à cet endroit, à ce moment précis où arrivait *cette chose*. Elle avait projeté d'aller rendre visite à Emma, une collègue de trottoir qui était souffrante. Si elle n'avait pas changé d'avis, peut-être la fin aurait-elle été autrement. Si je ne l'avais pas contrainte de mettre de côté ses livres et de putasser, brasser davantage.

Non, elle n'aurait pas dû me dire qu'elle avait un fils quelque part, abandonné dans l'immense marécage qu'est le monde. Il est urgent parfois, dit-elle, de tout laisser tomber, tout abandonner, même ce qui est le plus cher, et poursuivre la route du rêve... Elle n'aurait pas dû me dire qu'elle comptait sur moi pour le retrouver, son fils. Qu'elle m'aimait. Appréciait tout ce que j'avais fait pour elle. C'était me dire autrement combien j'étais égoïste et insensée de lui avoir offert la rue, ce métier de merde. Mais qu'avais-je d'autre à lui offrir ? Offre-t-on ce qu'on n'a pas ? Pourquoi a-t-elle laissé toutes les portes de la Grand-Rue, toutes les portes du monde pour venir frapper à la mienne ?

Pauvre Emma. Elle souffrait de cette maladie que je ne veux pas citer ici pour ne pas effrayer ceux qui ont déjà passé outre sa petite culotte… Avant, elle travaillait comme bonne dans une de ces grandes maisons de bourgeois dans les hauteurs. Un jour, elle s'est enfuie après avoir crevé l'œil du patron qui voulait à tout prix la coucher sans son consentement. Ceux qui s'y connaissent bien en art de raconter n'importe quoi sur les autres racontent que la femme du patron l'avait trouvée en train de voler ses bijoux ou en train de sucer son mari, tout dépend de la version et de celui qui raconte. On l'aurait foutue à la porte comme une chienne. Géralda Grand-Devant l'a présentée à El Caucho le Cubain. Le patron de Drôle-de-fesses, qui l'a acceptée sans poser de questions. Drôle-de-fesses, je rappelle que c'est le bordel où je putassais avant. Bien avant mon emménagement dans cette pièce d'où je raconte cette histoire pour que toi, l'écrivain, tu en fasses un livre, que tu immortalises toutes les putains de la Grand-Rue, emportées par *cette chose*. Le corps d'Emma n'a jamais été retrouvé.

Je connais par cœur tous les recoins de ce désert de béton. Tous les visages. Tous les caprices de la clientèle. La ville est un triste tableau où les bêtes et les humains mangent et font leurs besoins dans le même plat. Font la paire.

La Grand-Rue, ce n'était pas seulement la rue traversée par mille autres rues, le bastion du sexe à bon marché. Les flots de putains alignées sur les trottoirs toutes les heures de la journée. Les draps pourris, attachés au balcon que le vent soulève pour donner des ailes à ces bâtiments qui ressemblent à de grands oiseaux immobiles. Mais le jaillissement de tout un monde qui te saute aux yeux. Les marchandes ambulantes qui harcèlent les passants. Les passants affolés au milieu des poignards de décibel provenant de ces camionnettes truquées, barbouillées de peintures naïves. Les hordes de faméliques, de voleurs qui piquent le portefeuille des passants distraits et imprudents. La police qui les traque comme des chiens. Les chiens puants. La merde. Les montagnes d'immondices. Les trottoirs bondés de monde. Les fous. Les mendiants. Les interminables klaxons des voitures coincées dans les bouchons. Les enfants des rues improvisés en laveurs de voitures. Les liasses de dollars exhibés par les cambistes. C'était aussi ça la Grand-Rue. Plus que ça.

Ma grand-mère, ma mère, mes tantes, mes cousines (toutes des putains aussi), elles me parlaient de ce Port-au-Prince d'antan. Les rues étaient propres et les hommes honoraient les dames. Le temps où une partie de jambes en l'air, tout compris, ne valait pas plus que douze gourdes. Où l'on ne faisait pas encore du bord de mer cette Venise de fortune qu'il est aujourd'hui en poussant l'eau pour planter des maisons qui s'enfoncent avec le temps dans la terre, et d'autres qui fourmillent dans les montagnes comme des gribouillages d'enfants. C'est une époque que je n'ai pas connue. Je suis venue au monde trop tard.

Je peux continuer...? As-tu bien noté tous les mots, l'écrivain, tous les silences, tous les non-dits...? Ça fait douze ans – c'est la mère qui parle maintenant – que ma fille a quitté la maison. Qu'elle est partie. Ma plus grande inquiétude est d'arriver à un point où je ne serai plus capable de rien faire. De continuer à la chercher. À lutter. Je sais que ce jour arrivera. Il arrivera. Et je me suiciderai pour mettre une fin à tout.

La petite. Déjà douze ans qu'elle avait quitté la maison maternelle pour devenir la pute la plus belle, la plus convoitée de la Grand-Rue. Douze ans sans nouvelles. Douze ans de silence. Elle était partie par sa faute. Elle est partie par ta faute parce que tu n'as rien fait pour la retenir, mère de merde !

Sa mère. C'était tout de même une femme merveilleuse. Une femme qui voulait le meilleur pour son enfant. Qu'elle soit différente. Voie autrement ce que les autres voient d'un œil ordinaire. Refusait qu'elle s'identifie à ces modèles creux qui font la une. N'hésitait pas à dormir sur sa faim. Se défonçait pour son bien-être. Et qui n'était pas prête à voir partir comme ça en fumée toutes ces années de lutte acharnée contre la mort.

Qu'est-ce que cette femme ne ferait pas pour retrouver sa fille ? Elle la chercha et chercha encore sans arrêt, pendant douze longues années, du moins un signe de vie. Après *cette chose,* est-ce nécessaire de continuer à chercher quelqu'un qui n'est pas rentré ? Je ne crois pas au miracle.

Ma fille – aux abois, c'est encore la mère qui parle – vaut mieux que tu partes encore plus loin. Plus loin de la maison. Aussi loin que possible. Que tu m'oublies davantage au lieu de n'être qu'un amas de chairs saignantes coincé sous les décombres. Au moins, il y aurait quelque part sur la terre une survivante qui oublie l'existence de sa pauvre mère.

Les malheurs, ça se compare-t-il? Se minimise-t-il au point de vouloir les dissimuler, les mettre à l'index? Y en a-t-il de plus insignifiants ou plus profonds que d'autres? Quand cette passante m'a parlé de ce qu'elle était en train de vivre, de son malheur, j'éprouvai une certaine gêne par rapport à la disparition de ma fille. Ça me paraît comme une goutte d'eau à la mer. Elle a perdu son mari, sa sœur, son frère aîné, ses deux cousins, ses deux fils, sa dernière fille, la petite amie de son premier fils, la femme d'un de ses deux cousins, sa maison, son chien. Enfin, *cette chose* lui a tout pris. Moi aussi, ma fille.

Non, je ne veux pas oublier. Oublier, c'est la pire des catastrophes. C'est la première fois de ma vie que je vois de si près la blessure, les vulnérabilités du monde avec autant de pathétisme, de vrai. Que je vois tout le monde pleurer à la fois. Tout le monde. Sans exception.

C'est moi qui lui avais tout appris du métier et de la rue, du moins mon propre discours que j'ai construit toute seule avec le temps. Voilà. Simple. Tu procèdes suivant le type de client que tu as, petite. Comme il y a plusieurs types de pute. Il y a aussi plusieurs types de client. Il y a ceux qui arrivent en coup de vent. Ils n'ont pas que ça à faire, pour ne pas dire qu'ils ont plein de trucs à faire. Ce sont des gens apparemment très occupés. Mais ils ne peuvent pas s'en passer. Une partie de jambes en l'air, ça éclaircit le moral. Ça sert à débuter ou clôturer sa journée en beauté. Ils ont de ces manies de te surprendre en te tapotant les fesses comme si on ne s'y attendait pas. Comme si tapoter les fesses d'une putain relevait de l'inhabituel, du merveilleux, tellement ils savent le faire mieux que quiconque. C'est qu'ils ne font que ça toute leur vie. Tapoter les fesses des putains. Ces clients-là font partie de ceux qui paient bien, mais qui n'ont pas assez de temps pour brasser, sucer et se faire sucer pour leur argent. Entourés par leurs agents de sécurité, ils montent dans des voitures neuves, vitres teintées, qui font crisser les pneus au démarrage.

Tout a commencé par une chute. Celle qui m'a rendue à moi-même, à ce moment précis où j'ai décidé de rompre le silence. Il y a douze ans de cela, si j'ai bonne mémoire. Il pleuvait fort sur la Grand-Rue. La rue était complètement noyée, comme d'habitude. Une fillette était venue frapper à ma porte pour me demander si je pouvais l'héberger pour la nuit. Je m'appelle Shakira. J'ai nulle part où aller, me dit-elle, et je déteste ma mère. Je ne veux plus vivre avec elle. La pluie m'empêchait de voir ses larmes. Mais sa voix a rendu le choc avec brio. J'ai eu pitié d'elle.

Je préfère me suicider au lieu de retourner chez ma mère, continue-t-elle. C'est vrai que ça avait l'air d'une ruse pour me convaincre. Mais j'avais pas le choix. On ne claque pas la porte au nez des gens comme ça. En tout cas, pas au nez d'une fille comme elle. Belle et sans doute audacieuse.

Les clients. Il y a ceux qui viennent pour la première fois, amenés par un ami ou tout seuls. Parfois, ils sont d'une telle timidité qu'ils paraissent frileux. Surtout s'ils sont déjà engagés, mariés, pères de famille et tout. Ils préféreraient t'emmener ailleurs pour ne pas se faire remarquer par quelqu'un qui pourrait rapporter la fugue à leur femme. Ceux-là, ils gravitent autour des falaises sociales et l'habitude de se présenter aux heures de boulot. Tu vois ce que je veux dire ?

Il y a aussi ceux qui ne bougent pas de là. Offrent volontiers leurs services. On a même inventé un nom pour eux. *Tchyoul Bouzen.* Chiens de pute. Voilà. Simple. Celui qui te fait trouver quatre affaires a droit à une queue gratuite. Huit affaires, deux queues gratuites. Douze affaires, le reste de la soirée. Les petits cons qui veulent foutre le camp sans payer après avoir bien joui, après s'être bien soulagés dans la bouche des putains, ça les traque et leur pète la gueule. Pas question que tu commences avant d'être payée.

Offrir est la chose qu'il ne m'est jamais donné de faire bien, et ceci, en dépit de ma très grande générosité. C'est que je ne suis jamais satisfaite de ce autour de quoi elles tournent, mes offres. À force de vouloir offrir quand même, j'offre mal. Pardonne-moi petite si je n'ai jamais su *offrir bien*.

Moi et les autres putains, on prenait l'habitude de faire l'amour de temps en temps ou presque. Se frotter. Se pénétrer tour à tour avec des queues de fortune. Elle, non. Sauf pendant les rares séances d'orgie, quand on est sollicitées ailleurs, dans les beaux quartiers chez les bourgeois par exemple, où tout le monde suce, saute, pénètre tout le monde et se fait sucer, sauter, pénétrer par tout le monde simultanément. Je n'avais pas vu venir entre elle et moi ces sentiments de filiation que j'avais ressentis il y a très longtemps. Depuis après la fusillade sur la Grand-Rue qui a donné la mort à mes parents… à tant d'autres… Une longue histoire. Je ne veux plus en parler.

Tu dois brasser la nuit et te reposer le jour, petite. C'est mieux la nuit. La nuit les chats sont gris. La nuit, c'est bon pour ne pas voir le visage des clients, leurs grimaces au moment de l'éjaculation. Tu peux passer toutes les nuits du monde à putasser dans cette ville sans que personne te reconnaisse. La nuit cache le vrai visage du monde.

Tiens, prends ce sac ! Une pute sans sac c'est comme un militaire sans uniforme, sans arme. Une pute ne doit jamais se séparer de son sac. Prends-le. T'en auras besoin pour mettre tes petits trucs. L'argent que te jettent les clients. Tout. Tes capotes. Tes boucles d'oreilles. Tes rechanges. Tes vêtements de putain. Tout ce dont a besoin une pute pour briller. Moi je veux que tu brilles. Que tu ressembles à une vraie putain : une immortelle.

Les clients. Rien que des fils de pute qui augmentent le prix encore et encore s'il le faut pour te posséder, te prendre davantage dans tous les sens, te demander d'aboyer comme une chienne, d'être une chienne. Pour avoir tout. Et laisser après la charogne aux chiens. Qui pensent qu'avec leur argent ils peuvent même arriver à saisir l'immense infini qu'est le cœur d'une femme.

Tu dois travailler ton sex-appeal, petite. Crier, geindre avant même qu'ils te touchent. Les clients, tu sais, ils aiment ça. Il faut leur donner l'impression que leur argent n'a pas été jeté pour rien, qu'ils valent quelque chose. Après avoir servi un client, tu dois t'assurer qu'il reviendra.

Tu ne peux pas savoir, petite, tout aussi avantageux que cela puisse paraître, combien il est dangereux pour une pute d'être appréciée, aimée par ses clients, pour un esclave d'être chéri par son maître. Le seul point de ralliement possible entre l'oppresseur et l'oppressé est dans l'acte même d'oppresser. L'oppressé souffre. L'oppresseur jouit.

J'ai toujours été animée par le désir d'être totalement libre, me confie-t-elle, de vivre ma vie comme je l'entends. Et, pour moi, être pute c'est être totalement libre. Je veux devenir pute. C'était pas assez convaincant. Parce qu'on n'a pas besoin d'être une pute pour être totalement libre. Et ce n'est pas parce qu'on est pute qu'on est totalement libre. Ça va de soi. C'était pas assez convaincant. Mais ça m'a quand même frappée.

Je lui disais ce que j'avais dit à toutes les autres avant elle.

— Ton corps c'est ton unique instrument, petite.

Cette nuit-là, il continuait à pleuvoir. La rue se vidait de ses passants et de ses chiens. Je lui parlais de la rue. Des clients. De Géralda Grand-Devant, mère de toutes les putains. De Fedna-la-pipeuse. D'Emma. De l'homme à la BMW rouge… La pièce était sombre. Je me glissais dans les eaux tantôt calmes, tantôt déchaînées d'un récit à mille et une voix, quand tout à coup j'ai entendu un bruit. Un doux bruit de souffle. Elle s'était déjà endormie. Pauvre petite.

Les choses qui vont traverser le temps, ça commence souvent par une blague, une plaisanterie, puis ça devient sérieux, inévitable. Ça va de soi. Au début, je croyais vraiment que c'était une plaisanterie, une de ces blagues qu'on raconte sur un ton sérieux pour mieux surprendre ceux qui écoutent, un simple moment d'égarement, qu'elle ne voulait pas réellement être une pute, que ça allait vite passer. Mais elle ne mit pas longtemps à apprendre à se vendre, du moment où elle a su qu'une vraie pute ne regarde jamais en arrière, s'assume complètement. Que c'était terminé entre elle et sa mère. Elle avait fait son choix. Putain *for life*.

Comme je n'arrêtais pas de l'exiger de la petite, et de toutes les autres avant elle. Mon corps a toujours été mon unique instrument, ma seule chance, le seul moyen d'en sortir. Et je ne m'étais jamais demandé, pas même une seule fois, si c'était réellement ce genre de vie que je voulais, s'il existait une autre vie faite pour moi. Je ne voulais pas finir comme ces femmes qui ne sont pas fières, qui ont presque envie de se faire du mal, en regardant le chemin qu'elles ont parcouru.

La rue est d'une extrême importance dans ce métier, petite. Parce que c'est là où tout se joue et se trouvent forcément les clients. Tu négocies et tu les amènes ici, dans cette pièce, puisqu'il faut inévitablement un endroit pour le faire. Et après tu retournes chasser. Faut pas que tu sois une pute maison. Pour moi, une pute c'est comme l'œuvre d'un grand peintre. C'est fait pour être exposé. Pour être vu. Être une fête pour les yeux.

Au commencement, l'homme à la BMW rouge était pour moi comme une sorte de limite infranchissable. Certaines putains de la Grand-Rue parlaient de son membre en termes élogieux. D'autres n'y voyaient qu'un handicap faisant de lui une bête immonde, une affaire de trop. La première fois qu'il s'était déshabillé devant moi, je lui avais foutu son argent à la figure en lui disant que ma chatte était faite pour quelque chose de normal. Pas pour un troisième pied. Pas pour un cinquième membre.

Quel sens a la vie quand elle est privée de tout ce qui compte vraiment ? Ma vie, désormais, elle n'a plus le rythme. Elle est vide. Je suis prête à la sacrifier pour ma fille. Pour la retrouver. Elle est partie par ma faute. C'est moi qui en suis responsable. Je n'ai pas su cacher mes larmes devant elle. Faire semblant que tout allait bien entre son père et moi. Elle savait tout. Je sais. Et je tenais tout de même à jouer mon rôle de mère qui ne veut pas que son enfant connaisse les mêmes misères. Je lui imposais tout. Je lui intimais l'ordre de prendre Jésus pour son sauveur personnel, d'aller à l'église chaque dimanche et de prier chaque jour avant de manger et chaque soir avant d'aller se coucher. J'étais tellement dure avec elle que je me demande parfois si je ne la tenais pas responsable des nouvelles frasques de son père. Puisque tout allait bien avant sa venue au monde. Je ne l'appelais plus ma fille. Je la privais de tout, du moins de ce qu'elle aimait le plus… Aujourd'hui, je réalise que j'avais tort. Comme nous, les enfants ont eux aussi le droit de choisir ce qu'ils veulent pour eux-mêmes. Ce qu'ils croient faire leur bonheur. Je suis prête à tout pour me racheter.

J'ai passé des mois à fréquenter Christianisme-Hôtel, le bordel de Brice, dans le but de retrouver ma fille. Et là, point n'est besoin de te dire que c'est encore la mère qui parle. Tu es écrivain. Tu dois pouvoir être à même de t'approprier toutes les voix qui m'habitent, car ce sont aussi tes voix. De sentir au plus profond de toi-même combien elle était terrifiée à l'idée que sa fille, son unique enfant, devienne une pute, vende sa chair pour vivre, survivre, se donne pour manger. De susciter sa rencontre avec le propriétaire de ce bordel et, dans la foulée, avec l'une de ces nanas. Provoquer son suicide. Ce sont là, je suppose, les qualités d'un bon écrivain. Je n'ai jamais aimé sa façon de me regarder, Brice. Les hommes ont ce regard diabolique devant les fesses bombées des femmes.

«Il y a cinq minutes de cela, une belle demoiselle buvait à côté de moi. Elle m'a raconté qu'elle exerçait le métier de pute depuis l'âge de douze ans et qu'il y avait aussi douze ans qu'elle n'avait pas vu sa mère», me disait un monsieur qui me réclamait ce que tu sais pour me dire en échange par où cette demoiselle était allée. Ça s'est passé chez Brice. À Christianisme-Hôtel.

J'ai appris bien plus tard que ce monsieur qui disait avoir vu ma fille était un ami de Brice. Une espèce de professeur de littérature à qui il avait sans doute donné le secret, raconté des trucs à mon sujet. Tous ceux qui voulaient goûter à ma chatte prétendaient savoir où se trouvait ma fille. J'étais une marionnette à plein temps chez Brice, à Christianisme-Hôtel. J'ai fait pas mal de conneries en voulant marcher sur les traces de ma fille. En refusant de rater une occasion de la retrouver.

Tiens bon. Je t'en supplie. Je t'en supplie. Tiens bon. Toi et moi, c'est quand même douze ans de vie commune, de petits moments d'éternité et de fissures. Tu ne peux pas m'abandonner comme ça, là. Tiens bon, ma pute. Il n'y a pas que toi. Il paraît que c'est une catastrophe de grande envergure. Tiens bon. Ce sont des choses qui arrivent. Les secours s'en viennent. Ils doivent être préparés pour ça. Tiens bon. Je sais qu'il fait noir en bas. Coincée entre mille morceaux de béton. Et que tu as terriblement peur. Je sais. J'ai peur moi aussi. Peur que tu lâches, que tu me laisses tomber. Peur que tu m'abandonnes maintenant. Tiens bon. C'est tout ce que tu as à faire en attendant qu'ils arrivent. Il fait déjà nuit. Et ça tremble encore. Tiens bon. Toujours est-il que je n'entends toujours pas de bruits de secours. Mais ils vont arriver d'un moment à l'autre. Ils sont préparés pour ça. Pour voler au secours des gens en danger de mort. Ça fait trois jours qu'ils sont en route. Qu'ils s'attardent. Je sais combien tu peux avoir soif. Mais l'eau quand elle ne trouve rien à l'intérieur de toi, ça peut te tuer sur le coup en te bousillant le cœur. Ils vont arriver. Tiens bon, ma petite. Ma petite Niña-Shakira. Cinq jours, sept jours, dix jours… Ça fait une éternité qu'ils sont en route. Ils vont arriver. Tiens bon. Ils ne sont pas loin. Ils viendront.

On était toutes émues ce jour-là en voyant avec quelle aisance elle parlait du réalisme merveilleux de Jacques Stephen Alexis avec ce professeur de littérature qui nous fréquentait depuis environ douze ans.

— J'ai lu *l'Espace d'un cillement* d'une traite, lui dit-elle, d'un ton à mi-chemin entre célébration et envoûtement. On sent battre, dans ce livre, toutes les pulsions de l'être et du monde.

Ils étaient d'accord tous les deux pour dire que *l'Espace d'un cillement* est l'un des rares livres qui marqueraient encore des siècles de littérature. Quant à moi, je ne comprenais pas un seul mot à ce qu'ils chantaient.

Imagine un instant que le ciel est fait de béton. Que *cette chose* a duré une éternité. Que la terre ne peut plus arrêter de trembler. Que le soleil ne peut plus jamais se lever. Qu'on est les seuls habitants de la terre.

Le professeur avait l'habitude de voyager. La première chose à faire, explique-t-il, quand on arrive dans une ville étrangère, c'est de trouver un bordel. Une ville sans putes est une ville morte.

«Quand on se lève le matin, on ne se demande pas quel livre on va lire. Mais qu'est-ce qu'on va se mettre sous la dent. Je te conseille de fermer ton Jacques Stephen je-ne-sais-quoi et de te mettre au boulot», lui dis-je gravement ce soir-là, quand elle m'avait fait part de son intention d'arrêter de brasser, de faire la putain quelque temps pour lire.

Imprime ça bien dans ta petite tête de pute, petite. Ne demande jamais à un client d'être gentil avec toi. Le jour où tu mettras à nu ton talon d'Achille, tu seras piétinée. C'est juste un inconnu, un étranger qui paie pour un service. Au moment où il te balance, c'est ton homme. Fais en sorte qu'il en tire le maximum de plaisir, et toi le maximum de fric. Tu n'as pas d'autres garanties. Autre chose. Ne te fais jamais surprendre en train de subtiliser les affaires d'un client. Chamailler en pleine rue pour une perruque, un soutien-gorge, un collant, un vernis à ongles, un parfum volé ou quoi que ce soit. C'est tout simplement fâcheux. Notre parcelle de dignité, ça vaut la peine qu'on se batte pour elle, non ?

Je pense t'avoir presque tout dit, petite. C'est à toi de jouer maintenant. Tu as l'heureux avantage d'être très jeune. D'être une nouvelle. Les clients, ils aiment ça, la chair fraîche. Et ils ont leur façon de l'exprimer.

— Je viens de découvrir un nouveau pays.

Les hommes et les autres putains étaient souvent au centre de nos discussions. Et ce jour-là, on parlait de cet homme traumatisé par la disparition de sa femme, qu'il veut à tout prix retrouver à travers toutes les femmes qu'il rencontre. Son problème, c'est qu'il conçoit les femmes comme une espèce de statue qui doit donner son accord à tout. Même là encore, ce n'est pas parce qu'une statue ne bouge pas qu'elle est une statue, ça va de soi. Une heure plus tard, la terre a tremblé.

Le jour s'effondre
la nuit enveloppe tout
inerte
fissuré
le temps ne s'acharne plus à compter
chaque corps est un puits où s'engouffrent
tous les cris du monde
seule dans le noir absolu de la nuit
une ville agonise

Électrocutée. Écrabouillée. Désintégrée. Assiégée par une armée d'êtres étranges, maquillés d'un mélange fameux de poussière, de larmes et de sang sortant de partout et de nulle part. La ville ressemblait à un théâtre de revenants.

À proximité d'une église, deux morts parmi une infinité – l'un en face de l'autre, leurs mains fermement liées, un homme et une femme portant encore leurs vêtements de mariés – allongés sur une planche. Cette fois, personne n'a été capable de dire qui, entre la mort et l'amour, était le plus fort.

Dans le rez-de-chaussée d'une maison effondrée, toute une famille se mettait à chanter avant de rendre l'âme. Une chanson qui parle d'ailleurs, du ciel, de repos éternel…

Cette chose était venue comme si s'était arrêté de battre le cœur de la ville. Subitement. Elle était venue avec la nuit – elle n'a jamais été aussi longue, noire et truffée d'incertitudes – et dans cette nuit fusaient des cris. Beaucoup de cris. Toutes sortes de cris. Quand nous réveillerons-nous de ce terrible cauchemar ?

Je n'aime pas discuter. Ce n'est pas que c'est mauvais. Mais moi, ça m'énerve. Surtout s'il s'agit de discuter de quelque chose que je ne connais pas. Dès que le professeur arrive, je sors ou je demande à la petite de sortir. Non seulement ça m'énerve quand il l'appelle « ma Niña Estrellita », mais ces deux-là ne parlent que de littérature. De fictions. Mon temps est très limité pour ce genre d'exercice, de jeu gratuit, moi. Il y a les clients qui me réclament constamment. Le business d'abord. Je n'ai pas de temps à perdre.

Oui. Je me rappelle avoir dit qu'il arrive parfois que les hommes et les autres putains soient au centre de nos discussions. Tout ce que je peux dire pour l'instant, c'est que les femmes ne sont pas toujours les mieux placées pour parler des hommes. Les putains non plus des autres putains. Je ne sais pas, il y a toujours une part d'injustice et d'hypocrisie presque inévitable quand on parle des autres.

Non, je ne veux pas oublier. Il faut que je la raconte, cette histoire sur fond de phénomène bref, de jamais vu. Il faut que je te raconte, ma petite Niña-Shakira à moi. Que je cesse de perdre mon temps à penser à la banalité de la vie. Aux dégâts du tragique. Aux choses qu'on a mis toute une vie à construire et qui disparaissent en moins d'une minute. Dans l'espace d'un cillement. Il faut avancer.

Veux-tu bien me donner une cigarette, l'écrivain ?
On va faire une pause. Profites-en pour faire
des corrections sur ce qu'on a déjà couché sur le
papier. J'espère pouvoir continuer demain ou
après-demain. Si le cœur m'en dit.

Dis-moi comment y arriver toute seule. Sans toi à mes côtés. Sans personne pour m'engueuler de temps en temps. Dis-moi. Dis-moi comment vivre avec l'idée que tu n'es plus. Dis-moi comment combler ce vide que tu as laissé. Dis-moi comment tu as pu me cacher ça depuis tout ce temps, que tu avais un fils quelque part. Sale petite ingrate. Je t'ai ouvert ma maison et mon cœur. Tu m'as menti. Tu mentais depuis le tout début. Tu te laisses entraîner par cet imposteur de professeur de merde. Il t'a mise enceinte. Et tu n'as rien fait. Et tu n'as rien dit. Toi qui ne te voyais jamais comme une espèce de marie-couche-toi-là. Je te faisais confiance. Tu m'as déshonorée. Ainsi que toutes les immortelles de la Grand-Rue. Comment ? Comment tu as pu me faire ça, à moi ? Dis-moi comment t'effacer à jamais de ma mémoire. Sale menteuse. Je te hais. Sale petite pute. Je n'aurais pas dû te connaître. Tu aurais dû être morte depuis longtemps. Oui, depuis très longtemps.

La petite. Elle avait tout pour réussir. J'ai raté l'occasion de l'aider à devenir quelqu'un de bien. Comme le souhaitait sa mère. D'être une mère pour elle. Sans rien demander en retour. C'est ce que j'appelle *offrir bien.*

Quand elle est venue frapper à ma porte, j'étais en train de me faire sauter par l'homme à la BMW rouge. Lui, il aime terriblement baiser quand il pleut. Ou j'étais en train de placer des récipients sous les parties trouées du toit en tôle de ma chambre. Ou je m'apprêtais à me mettre au lit pour me faire bercer par la douce musique que fait la pluie sur le toit. Je ne me rappelle plus certaines choses, beaucoup de choses. Combien de temps me reste-t-il à vivre avec cette mémoire fissurée ? J'ai ouvert doucement la porte, avec une de ces craintes de tomber sur un de ces bandits de grand chemin qui traînent à toute heure du jour et de la nuit, pour tomber sur ce phénomène de beauté.

Qu'y a-t-il de fierté à être une pute? Prenons le cas de Géralda Grand-Devant. *Gwo manman bouzen* devant l'éternel. La mère de toutes les putains. Notre mère spirituelle à nous toutes. C'est vrai qu'elle a construit deux pièces *cayes* et fait l'éducation de ses cacas-sans-savon dans le métier – pour une pute, ça arrive une fois sur mille – mais pourquoi, comme les miens, ses yeux étaient-ils toujours tristes, trouvait-elle tant de raisons à les baisser tout le temps? Un caca-sans-savon est un enfant de père inconnu.

Géralda Grand-Devant. Elle portait toujours une amulette autour du cou, des boucles d'oreilles grand calibre et des bracelets qui rendaient son avant-bras presque invisible. Perdait son temps à parler de choses surnaturelles, de choses d'un autre monde, qui échappent à notre entendement... Ceux qui s'y connaissent bien en art de raconter n'importe quoi sur les autres disent qu'elle avait hérité de sa mère un *loa*, et que c'est ce *loa* qui a fait d'elle une putain. Qu'elle avait un mouchoir qu'elle agitait sur la tête des clients pour les faire marcher, saliver comme des chiens. Tous les ans, elle se rendait à l'un de ces coins reculés, en dehors de la capitale, pour préparer des réceptions, des mangers rangés pour ces esprits dont on ne voit jamais les traces d'où ils se sont régalés. Un *loa* est un dieu vaudou.

Ne l'oublie pas, petite. Tu es une pute. Et les vraies putes ne lâchent pas comme ça. Une pute, ça doit tenir bon. Tu dois tenir bon, ma petite. Ma petite Niña-Shakira à moi. Ils vont arriver. Leurs voitures sont peut-être en panne ou prises dans des bouchons de circulation. Je crains qu'eux aussi ils attendent du secours. Ou, comme toi, soient coincés sous les décombres. Ou morts écrasés par un de ces gros immeubles. Mais ils viendront. Tiens bon. Je ne t'ai jamais rien demandé. Je te demande seulement de tenir bon. Je sais que tu en es capable. Ils vont arriver. Ils sont en route pour te sortir de là, ma petite. Ma petite Niña-Shakira. Tiens bon. Merde. Non. Tu ne peux pas me faire ça. C'est injuste. Non. C'est quoi ces paroles, ces trucs de débile ? Ces confessions. Ces violents hoquets. Tu es là ? Es-tu là ? Réponds-moi ! S'il te plaît, réponds-moi ! Réponds-moi je t'en supplie ! Je t'en supplie ! réponds...

Avant, être mère pour moi signifiait mettre mon métier en jeu. Ne plus être totalement, absolument libre. Être esclave de sa propre bêtise. Je me contentais d'être une pute et ça me plaisait bien. Puisque c'était ça mon monde, mon métier. Maintenant, je vois tout autrement depuis cette nuit où elle est venue frapper à ma porte. Je me rends compte de ma capacité à écouter au-delà du silence des autres et à voir au-delà de leur regard.

Je n'aimais pas la voir souffrir, la petite. Passer une journée entière à lire après avoir consacré toute une nuit à se donner dans tous les sens, à sucer, soulager des tas d'inconnus. Ces putains de livres qui l'empêchaient de prendre soin d'elle, de ressembler à une pute, de participer à nos petites plaisanteries entre copines, si je pouvais, je les déchirerais l'un après l'autre, page après page, en mille morceaux. Je le lui avais pourtant bien dit dès le départ.

— Ton corps c'est ton unique instrument, petite.

Géralda Grand-Devant. Elle n'était pas une femme simple. Et ça, tout le monde le savait. Faut pas l'emmerder, sinon elle met tout de suite les voiles vers un de ces coins reculés, en dehors de la capitale. Et avant même qu'elle soit de retour, t'es déjà en train de putasser avec les morts, six pieds sous terre. Chaque soir avant de sortir chasser sur les trottoirs, elle prenait des bains de feuilles rares, se parfumait fort et se voyait assaillie après par des hommes qui se bousculaient pour être le premier à goûter à sa chatte, là, sous les yeux jaloux des autres. Les poutres du monstre ont cédé. Elle est morte avec la tête d'un client coincée entre les cuisses.

Sans vouloir trop interférer dans la conduite de ton travail, l'écrivain, j'aimerais que tu ajoutes ce cahier à l'histoire. Je l'ai trouvé dans son sac quelques jours après le drame. Ça vient sans doute d'elle. Je reconnais son écriture.

Je déteste ma mère. Et je me déteste encore plus rien qu'à l'idée d'être sa fille. Le fruit de ses entrailles. Ma mère. Elle a pourtant bien joué son rôle de mère. Mais je ne l'aime pas. Je ne l'ai jamais aimée. Je ne l'aimerai jamais. Être mère pour moi c'est de la foutaise. On ne choisit pas sa nature. On a le droit d'aimer sa mère ou pas, non?

Ma mère. Elle est prête à tout. Au plus impensable des sacrifices pourvu que cela puisse contribuer à me rendre heureuse. J'ai jamais vu de toute ma vie d'être aussi courageux, aussi inflexible… Tout ce qu'elle veut c'est mon bien. Elle ne cesse de me le répéter, chaque fois en guise de réprimandes.

Ma mère. Elle m'aime d'un amour éperdu. Comme une mère aime son enfant. Elle est tout ce que j'ai. Mais je ne l'aime pas. J'ai beau essayer. J'y arrive pas.

La petite. Elle se barrait les oreilles à mes reproches qui n'en finissaient pas. Refusait de faire la lessive de ses draps. Faisait des trucs bizarres. En tout cas des trucs que les putains ne font pas d'habitude. Les livres qu'elle lisait étaient pour beaucoup dans sa manière de penser, de voir le monde. Tout est foutaise à ses yeux. Le monde c'est de la foutaise. Les humains c'est de la foutaise. La vie c'est de la foutaise. Tout ce que raconte Géralda Grand-Devant à propos des esprits, du surnaturel… « Il y a quelque chose de vraiment plus fort que tous ces petits soins minutieux, disait l'étrange femme. Que tous ces artifices de séduction dont raffolent les putains. Toute cette lutte acharnée pour rester jeune. Quelque chose de plus profond que le maquillage. Le ventre plat. Les lèvres de viens-mange-moi. Les chaussures dont les talons ressemblent à des becs de perroquet. Les seins-pastèques. Les courbes époustouflantes. Les fesses très comme il faut qui font se retourner les passants, au point qu'ils en sortent avec un torticolis. Les petites culottes en dentelle qui donnent un aperçu de la chatte, font bander en deux temps trois mouvements, voire éjaculer comme un robinet, rien qu'à s'imaginer à la bonne place. Quelque chose qui relève du mystère, de l'insaisissable. Dont seuls les *loa* ont le secret. Qui fait que le client choisit telle putain et laisse tomber toutes les autres. Qui interpelle… » La petite. Elle dit que tout ça, c'est de la foutaise. La liberté est le seul dieu qu'elle connaît.

La petite. Elle s'était toujours opposée à ces théories qui veulent que tout soit lié à une cause mystique. Une pute est une pute, disait-elle, parce qu'elle s'arrange pour recevoir des clients qui la paient pour ses services. Point merde.

Je lui disais que la littérature n'était pas une chose pour des gens comme nous, pour les putes. De laisser ça à ceux qui n'ont rien à faire. Les bienheureux. Les ayants droit. Peut-être que j'avais tort.

Géralda Grand-Devant était pute maison. Pute maison, c'est-à-dire service à domicile. Un trou sans autre occupation que de recevoir dans tous les sens au moins douze clients par jour, dans une pièce exiguë qui pue le sperme et la mort. Où il n'y avait, pour tout décor, qu'un pot de chambre, un lit en bois de chêne, un miroir sale et fissuré qui ne renvoie que quelques bribes de l'image ou une image complètement déformée, et quelques bataclans de putain. Un décor qui n'a rien à envier aux autres chambres de putain. Mais un beau jour, comme ça, à la grande surprise de tout le monde, elle a décidé de se poster sur le trottoir. Elle s'était dit tout bonnement, pour mieux se convaincre, que l'attitude casanière de certaines putes était due à un refus, un manque d'affirmation de soi. Elle ne voulait plus être pute maison. C'est étrange. Une Géralda Grand-Devant qui n'a jamais opté pour le trottoir, maintenant qui se rengorgeait comme un paon. On n'en revenait pas… Ce que les *loa* veulent, Dieu le veut.

En essayant de boycotter sa relation avec ce prétentieux professeur de littérature qui ne cesse de l'appeler «ma Niña Estrellita» – les autres clients, eux, convaincus que ça avait à voir avec la star colombienne, qu'elle pouvait comme elle faire tourner ses reins à vingt miles à l'heure, à te donner le vertige, à te faire voir janvier avant décembre, l'appelaient Shakira –, de lui apporter de nouveaux livres à chaque visite. *Les Cent Vingt Journées de Sodome. Les Particules élémentaires. Les Immortelles*, et tant d'autres, je croyais bien faire, mais je ne faisais qu'empirer la situation.

— Ne l'oublie pas. C'est avec nos devants qu'on paie le loyer ici. On n'a pas de temps pour tomber amoureuses, nous. L'amour, c'est pour les autres. Cet homme, non seulement il est laid, cynique, mais il a trente-six ans de plus que toi. Il faut respecter les règles du jeu. Tu es une putain, au cas où tu l'aurais oublié.

J'exècre ceux qui croient qu'une mère est la plus grande richesse qu'un enfant puisse avoir. C'est de la foutaise. On n'a pas besoin d'une mère pour aller au bout de ses rêves. On a juste besoin de soi-même, intégralement soi-même. Je pense que je vivrais mieux si ma mère était déjà morte, enterrée.

Ma haine est infinie. Parce qu'elle grandit de jour en jour et tend vers l'éternel. Comment peut-on arriver à détester à un point tel sa propre mère ? Celle, quand tout le monde te demande de te barrer, qui attend les deux bras ouverts ?

Cette nuit-là, c'était brusque et rapide. Si seulement ça te laissait le temps de t'échapper. Comment veux-tu, l'écrivain, que je comprenne ça ? Le destin a voulu que tu sois ici aujourd'hui, dans cette pièce, en face de moi, juste à cette place où elle aimait s'asseoir pour lire, pour que tu rendes compte de tout ça. Pour que tu la rendes vivante parmi les morts. La petite. Elle le disait souvent. Les personnages dans les livres ne meurent jamais. Sont les maîtres du temps.

Comment dire ? Comment trouver les mots pour dire son amour pour les livres ? Ces objets, disait-elle, qui prennent peu de place dans la maison, mais beaucoup à l'intérieur de soi, dans son cœur, qui font jaillir la lumière dans le coin le plus reculé, le plus sombre de soi-même.

La petite. Elle aimait les livres d'un amour fou. D'un amour du jamais vu… Bah ! Une pute qui lit. Toujours intéressée aux grands débats. À tout ce qu'écrivent un tas de déglingués qu'elle appelle *grands écrivains* et qui se donnent pour Shakira ! On aura tout vu !

La petite. Elle refusait de faire la lessive de ses draps. Je l'ai déjà dit. Emportée par une crise de nerfs, je l'avais menacée de la foutre à la porte avec ses livres éparpillés à travers toute la pièce, si elle ne trouvait pas, dans le plus bref délai, un coin précis pour les ranger. Mais elle ne m'avait pas laissée faire. Elle était partie et revenue au bout d'un an.

Elle avait tout pour réussir. La beauté et l'audace. Le voyage était son seul pays. Un an sans nouvelles. Un an de silence. Un an pour couver son trésor. Je n'ai jamais autant souffert de l'absence de quelqu'un. Elle était partie par ma faute, parce que je l'avais menacée de la foutre à la porte avec ses bouquins. Parce que je n'avais rien compris, rien fait pour la retenir.

Ma mère. Personne ne peut la remplacer. Car je ne pourrai jamais arriver à détester quelqu'un d'autre comme je la déteste maintenant. Elle prend toujours mon âge – douze ans – comme prétexte pour mettre en doute mes capacités à entreprendre quoi que ce soit. Je vois venir ce jour où je me prendrai en charge. Laisserai la maison pour toujours. Et ferai ce que je voudrai de moi.

Elle fait tout pour plaire à l'homme qui la traite de toutes les saletés du monde, qui se prenait pour le seul dieu debout. Elle me donne envie de vomir, ma mère. Je ne supporte plus de la voir le supplier de ne pas rompre avec elle, de ne pas la gifler si fort pour que les voisins ne l'entendent pas crier. Shakira est le nom que j'aurai choisi pour rompre avec tout ça, avec les larmes qu'elle n'arrive même pas à cacher. Il sera, ce nom, mon nom d'exil, de fuite incessante…

Il y a un *i* sur lequel je voudrais mettre un point. La petite. Elle voulait seulement un autre nom. Un nom qui n'est pas son vrai, qui n'est pas son nom à elle. Un nom grotte pour se cacher. Loin du passé. Loin de sa mère. Elle avait choisi Shakira. Comme ça. Sans arrière-pensée. Ou juste parce que ça sonne presque comme «ça ira». Ça ira, dit-elle chaque fois à cette belle jeune fille aux yeux tristes dans le miroir en se déshabillant pour un client. En ce qui a trait à la vraie Shakira... Ça ne lui fait ni chaud ni froid. Ses cheveux drôlement en désordre. Son corps svelte. Sa façon d'être sur scène, de bouger les hanches. Ses pirouettes. Tout ça la fascinait bien, la petite. Elle a dit qu'elle ferait une belle putain, la vraie Shakira. Mais pas au point de se prendre pour elle. D'en faire un modèle. Loin de là. Elle n'a jamais été effleurée par l'idée d'être une autre. Ni dieu ni maître. Elle ne voulait ressembler à personne.

Moi je lis, j'écris pour ne pas entendre les disputes de mes parents. Pour être loin des sanglots de ma mère. Loin des bruits de gifles qu'elle reçoit de son homme. M'ouvrir au monde, à tous les vents, tous les horizons. Habiter l'autre face du vide et du temps.

On peut toujours la trouver insensée, et même sans objet, ma haine de ma mère. Mais je n'ai pas à la justifier non plus. Je l'ai dit, on ne choisit pas sa nature. Rien ne peut combler cet abîme entre elle et moi. On n'est pas pareilles. On ne le sera jamais. Tout ce qu'elle veut, a toujours voulu, ma mère, c'est d'être la prisonnière, le paillasson de cet homme qui la traite comme du papier cul. Et moi tout ce que j'aimerais, ai toujours voulu, c'est de me retrouver sur une autoroute infinie dans un bus qui roule, roule avec la mer qui défile devant mes yeux sans la moindre certitude que cela va s'arrêter un jour.

La petite. Après sa fugue, elle ne parlait plus de Jacques Stephen Alexis, encore moins du professeur. Fini les livres. Fini les grands débats et l'habitude qu'elle avait à le branler, le sucer sur la banquette arrière de sa voiture. À passer du temps avec lui au téléphone pour parler de choses que je ne saurai jamais. Pourtant, elle m'avait bien dit que la relation entre elle et cet homme ne dépassait pas le seuil de la littérature et du plaisir tarifé. Je ne lui avais rien demandé non plus. S'il y a au moins une chose qu'elle m'avait apprise, c'est le respect de la vie privée des autres.

Avec qui, où était-elle ? Qu'est-ce qu'elle fabriquait durant sa longue absence ? Après son départ, je n'arrêtais pas de me poser des questions et de m'inventer des images. Je me méfiais de ce professeur de littérature depuis le jour où il avait mis les pieds ici et payé comptant pour douze mois d'affilée. Un professeur qui rampe toute la sainte journée dans les bordels, où trouve-t-il le temps pour assurer ses cours ?

La petite. Elle ne m'a jamais dit son vrai nom. Et moi, je me contentais de l'appeler Shakira. La première chose qu'elle avait prononcée au pas de ma porte cette nuit-là. Shakira, je m'appelle Shakira. Moi, je l'appelais tout bonnement comme ça. Comme si de rien n'était. Comme j'ai entendu tout le monde l'appeler dès les premiers jours de sa descente chez moi. Shakira, la nouvelle putain de la Grand-Rue. Regarde, c'est Shakira, la fille de la vendeuse de bibles et de Chants d'espérance !

J'imagine qu'elle avait un nom qui évoque l'ailleurs. Un nom qui fait référence à la mort. Un nom qui est plus qu'un vrai nom. Non, je ne le lui avais jamais demandé, son vrai nom. Faut pas le savoir, pour renforcer ce symbole de la clandestinité qu'elle a toujours cru être. Pour mieux noyer le passé. L'image de la mère.

Ma mère. Je ne l'aime pas. Je ne cesse pas de le répéter. Elle ne m'a rien fait de mal pour que je la déteste à ce point. Quelle mère est capable de faire du mal à son enfant? À quoi peut-on comparer l'amour, le courage d'une mère? Mais c'est juste que je ne l'aime pas. C'est tout.

Cette nuit, j'ai fait un rêve. Et dans mon rêve, mon père s'était levé un bon matin et quittait la maison pour toujours. Pour ne plus jamais refaire surface.

Mon père. Je sais qu'il la giflait. Qu'il ne voyait en ma mère que cette femme soumise. Cette femme zombie. Faite pour s'occuper de la maison et de sa fille. Faite pour cacher ses yeux, des nids de larmes, qui regardent toujours ailleurs. Toujours plus loin. Là où il redevient cet homme exemplaire qui respecte, prend soin de sa femme. Lui glisse de temps en temps à l'oreille des petits « je t'aime » suivis de petits baisers dans le cou, et toutes ces conneries qui n'ont plus de raison d'être avec le temps. Là où elle ne connaissait pas encore les misères de cette saloperie de « pour le meilleur et pour le pire » qui a transformé sa vie en un véritable enfer…

Ma mère. Elle n'a éprouvé aucune gêne à pleurer toutes les larmes de son corps dans les bras d'une fillette de six ans – moi – quand son homme, un bon matin, sans prévenir, comme dans mon rêve, a mis les voiles pour toujours. Pour ne plus donner signe de vie.

Après sa fugue, tout a pris une autre allure. Les clients se raréfiaient. La chambre n'était plus pour eux ce puits où ils venaient noyer leurs angoisses, leurs peurs. J'étais impuissante à tout. Je n'exerçais plus aucune influence sur elle. Je ne faisais que me plaindre dans le noir. Souffrir en silence de son silence. De son réel de plus en plus pâle, de moins en moins lumineux. Sa déchéance. Un animal pris au piège qui voit venir la mort à l'horizon. Elle autrefois la plus coquette. La plus convoitée des trottoirs. Pour qui les clients s'entredévoraient pour lui baiser les pieds, les cuisses, les yeux…

Christianisme-Hôtel était l'un des rares bordels de la Grand-Rue où l'on trouvait de la bière à chemisette. La bière est tellement gelée qu'elle devient blanche comme une chemisette blanche. J'y étais jamais allée, moi. Pas même une seule fois. La petite, si, avec le professeur. C'est que tant de rumeurs circulaient sur cet endroit. La police y entrait de temps en temps et en ressortait avec des types ligotés qu'elle bousculait vers les voitures. Brice et le professeur sont des amis de longue date, des amis d'enfance, je l'ai déjà dit aussi je crois. Ils aimaient se chuchoter des petits mots à l'oreille et partaient dans de grands éclats de rire après.

Points de convergence et de divergence entre moi et sa mère. Sa mère et moi, nous l'aimions de tout cœur. Ni elle ni moi ne pouvions l'empêcher de s'identifier au monde, à sa douleur. À ce Jacques Stephen Alexis. À ces tas de charabia écrits par des fous de rien-à-faire. Brice a sauté sa mère douze fois. L'homme à la BMW rouge m'a sautée plus de douze fois. J'habitais la Grand-Rue. Sa mère à Martissant. Je suis une vendeuse de joies. Sa mère est une vendeuse de bibles et de Chants d'espérance. Je suis une pute. Sa mère est une salope déguisée en chrétienne. Elle a brisé tous les liens entre elle et sa mère. Entre elle et moi aussi, mais au bout d'un an, m'était revenue, à moi.

Sa mère. Elle voulait comme elle qu'elle devienne une chrétienne. Je déteste les chrétiennes. Elles croient qu'au dernier jour elles vont habiter au ciel avec Dieu dans le palais de cristal réservé à ceux qui ont observé à la lettre les dix commandements. Et l'image qu'elles ont de ce Dieu, c'est qu'il est tellement Dieu qu'il peut à la fois résoudre tous les problèmes du monde et causer son échec. C'est qu'il se conjugue à tous les temps. Au passé, au présent et au futur. Quand on est pute on est pute. Être une chrétienne ça veut rien dire. Il y a trop d'impostures dans le monde. Tout ce dont elle rêvait, la petite – elle n'en faisait pas d'ailleurs une longue litanie, n'interpellant la bienveillance d'aucune espèce de divinité –, c'était de retrouver son trésor, un jour, le prendre dans ses bras.

J'avais agi sans réfléchir. Sans regarder où je mettais les pieds, ce soir-là quand Brice m'avait emmenée dans sa chambre. J'ai sauté sur l'occasion, comme quelqu'un qui n'attend que ça toute sa vie. J'avais aussi oublié que j'étais une chrétienne, et qu'une chrétienne n'a pas droit à la fornication, au sexe en dehors du mariage. J'avais pas le choix. Après toutes ces années, tous les moyens étaient bons pour retrouver ma fille. Je n'avais pas vu venir contre moi ce soulèvement général des autres. Pour tout dire franchement, j'y avais pas pensé.

— D'où vient cette mémé, cette ancienne Ford trois pédales qui vient nous chiper notre cher Brice, hein ? Va te faire réparer, salope ! Va te faire enculer ailleurs !

Viens. Déshabille-moi. Éventre-moi. Défonce-moi. Trouve ma mère en moi. Fais-lui tout. Fais d'elle tout. Sois plus rigide. Je voudrais qu'elle soit une putain, une pétasse, ma mère. Qu'elle jouisse.

Tant que je reste sa fille et elle la femme de cet homme, je ne trouverai jamais cette liberté et elle ne sera jamais ma mère.

Pour moi, il existe deux grands voyages. La lecture et le somptueux naufrage des corps enlacés. J'aime trop la liberté. J'ai trop de fantasmes. Trop soif de l'ailleurs pour demeurer cette petite fille à maman à qui l'on offre des poupées pour Noël. Cette petite fille chérie, soignée, qui ne peut bouger d'un degré sans achopper sur la digue maternelle. Je veux que mon corps exulte. Soit la caisse de résonance des étoiles.

Aïe Brice! Vas-y doucement. Fais-moi tout, fais de moi tout ce que tu veux. Mais ne me tape pas les fesses. Tu sais très bien que je suis une chrétienne à la recherche de sa fille. Pas si fort. Vas-y doucement. Le salaire du péché c'est la mort, Brice. Aïe! C'est bon, Brice. C'est bon. Que Dieu te bénisse, Brice. Qu'il te bénisse. Pour m'avoir envoyée aussi haut, à la limite du ciel. Non, pas les tapes. Je suis une chrétienne. Pas si fort. Mais fais-moi tout. Fais de moi tout. Aïe! Merde, c'est bon. C'est trop bon. Merde. Tape-moi les fesses. Tape-moi, Brice. Frappe-moi. Tue-moi. Ton nom? Dis ton nom? Oui. Oui papa Brice. Papa Brice chéri. Oui. Qu'il te bénisse. Merde. Tue-moi, merde. C'est bon... Oui...

Christianisme-Hôtel. C'est ce que je pourrais appeler la page sombre de ma vie. Brice est un sale profiteur. Un bon à rien. Chaque fois, c'est la même rengaine.

— Je vais t'aider à la retrouver, ta fille, ne t'en fais pas.

Quand il gigote sur moi, mes yeux plaqués au plafond ressassent ces images de bonheurs brefs de l'enfance.

Dans mes rêves, souvent je me vois dans cette rue. Cette rue qui coupe la ville en deux. Cette rue enfouie dans ses bruits, ses amalgames, ses ailleurs. Entre les disputes incessantes de mes parents et les yeux de Niña Estrellita. Les chiens chatouillent les cadavres. Ça chatouille! disent les cadavres éclatant de rire. Cette rue aux lampadaires éteints depuis belle lurette, où je ne porte plus mon nom, ne suis plus moi-même, plus la même, la petite fille fragile, privilégiée, qu'il faut protéger, bien surveiller pour quelle ne voie pas la rue, car la rue ne laisse personne indifférent, mais Shakira la putain, la plus belle, la plus convoitée, la plus coquette du monde. Cette rue où les clients, hystériques, possédés par une sorte d'esprit sans nom, s'entredévorent pour me baiser les pieds, les cuisses, les yeux… Moi, Shakira, la putain la plus putain du monde.

J'étais désespérée, fatiguée de la chercher partout pendant toutes ces années. Je me préparais cette fois pour de bon à me suicider. Et là, je ne vais pas entrer dans les détails. Expliquer comment j'allais m'y prendre. Je ne suis pas en train d'écrire un roman. C'est sans importance. J'allais mettre une fin à tout quand quelqu'un est venu me dire qu'on l'avait vue, ma fille, sur la Grand-Rue, dans un bordel connu sous le nom de Christianisme-Hôtel, en compagnie d'un monsieur qui pourrait être son père...

Je veux que Christianisme-Hôtel soit désormais la dernière connerie de ma vie, jetée à la poubelle de ma mémoire. Les chances pour que ma fille soit vivante après *cette chose* sont minimes. Je dois à tout prix me résigner. Me résigner. Voilà ce dont j'avais peur. Et ça y est. Je vais repenser à me suicider, mettre une fin à tout. Il n'y a pas un seul jour depuis ces douze ans où je n'ai pas pensé à me suicider.

Contrairement à beaucoup d'autres, moi je refuse d'être une enfant prodigue. Presque toutes les histoires de ce genre finissent comme ça et elles sont toutes pitoyables. On rentre finalement chez soi pour renouer avec ceux qu'on avait quittés depuis un temps indéterminé. Quand j'aurai quitté la maison de ma mère, j'y retournerai plus.

Ma mère. Pourquoi ne se suicide-t-elle pas ou ne tue-t-elle pas mon père? Pour cesser d'être sa chienne, sa victime. Ell est l'exemple parfait de l'animosité de l'homme vis-à-vis de la femme. Pour ça, je l'aimerais d'un amour sans égal. Pour avoir une fois dans sa vie pris une décision, accompli quelque chose d'aussi noble… La plus grande religion qui soit c'est de pouvoir aller et venir à sa guise, sans comptes à rendre à personne. La liberté.

Brice. Je ne veux plus l'écouter, ce fils de chienne. Je vais t'aider à la retrouver ta fille, ne t'en fais pas. Ces mots me tuent à petit feu. Ils me pourrissent l'âme. J'en ai assez de me laisser faire. Le laisser me prendre par le trou derrière, dans tous les sens. D'être forcée de prendre de la cocaïne. Fumer des tonnes de joints et tout. Juste pour qu'il m'aide à retrouver ma fille. Une chrétienne, ça prie. Ça a de la foi. Tout ce qui est impossible à l'homme est possible à Dieu… Mais hélas, ça fait déjà trop longtemps que j'ai cessé d'être une chrétienne, cette servante exemplaire qui annonce la parole de Dieu partout où elle va, en fréquentant tous les bordels de la Grand-Rue à la recherche de ma fille.

Maintenant c'est fini. Rien n'est plus du tout possible. Tout le monde semble être fatigué de se jouer de moi. Brice le premier. Je l'ai remarqué dans sa nouvelle façon de me considérer. Contrairement à avant, maintenant il me prend dans ses bras pour me consoler quand je suis triste. Quand je pleure.

C'est ce soir que ça va se passer. Je ne sais pas comment. Mais ça va se passer. Je vais quitter la maison de ma mère. Briser ce lien originel qui semble nous souder l'une à l'autre pour toujours. Il n'y a pas de pire torture que d'être aimé par ceux qu'on déteste et qui ne seront jamais prêts à te rendre la réciprocité, quoi qu'il advienne. D'être la fille d'une espèce de chrétienne qui met tout sur le compte de la foi. Qui voit en tout l'accomplissement d'une prophétie, même les gifles que lui donne son homme.

Il fallait à tout prix raconter quelque chose, n'importe quoi, pour ne pas piquer une crise. Une attaque foudroyante qui m'exploserait la cervelle. Ce n'est pas encore la fin de l'histoire. Mais il faut qu'on arrête ici. Toutefois, je tiens à te remercier, l'écrivain, d'avoir accepté de l'écrire, alors que moi je la racontais. Je sais que j'ai été d'une telle idiotie en me levant de temps en temps pour aller pisser, pleurer, me moucher ou refaire mon maquillage – tu sais, vieux tics de pute –, mais surtout en empiétant parfois, presque de façon méchante, sur ta liberté d'écrivain. Quant à l'histoire même, c'est moi qui ai choisi de la raconter ainsi, au compte-gouttes, sans pédanterie, avec une simplicité presque révoltante. Le manuscrit, tu en fais ce que tu veux. Moi j'ai un trésor à retrouver. Ce qui était le plus cher pour elle dans toute sa putain de vie. Souhaite-moi bonne chance.

RÉALISATION : PAO ÉDITIONS DU SEUIL
IMPRESSION : CPI FRANCE
DÉPÔT LÉGAL : NOVEMBRE 2014. N° 112269-4 (2068902)
IMPRIMÉ EN FRANCE

Éditions Points

Le catalogue complet de nos collections est sur
Le Cercle Points, ainsi que des interviews de vos
auteurs préférés, des jeux-concours, des conseils
de lecture, des extraits en avant-première...

www.lecerclepoints.com